풀, 꽃, 나무에게 말 걸기

인천서구문화재단
Incheon Seogu Cultural Foundation

* 본 시집은 인천서구문화재단 〈2023 서구예술활동지원사업〉의 지원을
통해 제작되었습니다.

김오민 시집

풀, 꽃, 나무에게 말 걸기

집사재

어느 식물학자께서
〈이름 없는 풀꽃은 없다, 이름 모를 풀꽃이 있
을 뿐이다〉라는 귀절을 읽고 문득, 키 작고 여린
풀꽃들을 돌아보았다.
그랬더니
꽃잎에 내려앉은 햇살, 잎새 소리가
더 찬연하고 선명해지기 시작하였다.
그래서 조금 더 다가가 눈을 맞추었더니
무어라무어라 속살대는데
아직은… 선명하게 보이지도 들리지도 않는다.
한 걸음 더 다가앉아 눈을 맞추고
귀 기울어 보아야겠다.

차례

제4부 텃밭에서

제5부 과수밭에서

제6부 가로수길, 둘레길로 들어서면

제7부 아낌없이 주는 나무, 숲

제1부

꽃밭에서

씨 뿌리기

씨를 뿌려 본 사람은 압니다.

어떤 씨앗이든
그 작은 알갱이 하나에서
열, 스물, 백…
그 이상의 기쁨과 수확을 가져다주는 것을.

채송화

키가 작아
맨 앞줄에 있는 것이 아니라
내가 제일 예뻐서인 것을요.

사람들도
대단한 순서대로
앞자리를 차지하잖아요.

봉숭아

가진 것을 모두 털어놓았어요.

이제
그대의 모든 것을
열어 보고 싶을 뿐입니다.

봉숭아꽃

손톱 끝에 빨갛게 남아
첫눈을 기다립니다.

그래서 첫사랑이 이루어진다면

점점
옅어지는 그 꽃물이
이제 지워질 때쯤
첫사랑은 추억으로 잠겨지는 것인지요.

백일홍

백날 동안 피어 있기도 하지만
백날이 가도
변치 않는 마음이기 때문입니다.

과꽃

올해도 과꽃이 피었습니다.

그렇게
꽃밭 가득 예쁘게 피어났던 과꽃은
누나가 좋아했었지요.

지금 그 누나도
잔주름이 생겨 가며
고운 모습으로 늙어 가고 있을 테지요.

분꽃

아침도 아닌,
한낮도 아닌,
기우는 저물녘에 피어나는 것은
수줍기 때문이기도 하지만
저녁 햇살에
나의 자태가 더 어여뻐 보이기
때문이랍니다.

다알리아

보슬비에 얼굴이
간지러워서가 아니에요.

그저
수줍은 척하고 있을 뿐이에요.

사람들은 그 모양새를 내숭이라 하던데

아니, 정말로
가끔은

그저 아무 이유없이
수줍은 채 부끄럽기도 하는 것을요.

또다시, 다알리아

어쩌면 낯선 이름의 다알리아.

내 어린 날의 크레파스 빛깔인
자주와 흰색으로 어우러져 피었는데

얼굴과 자태는
희고 말갛게 방싯 웃고 있지만
속마음은 비스듬한 자주색인 것을

초록 이파리들에게
들키고 마는 것은 아닐른지요.

맨드라미

그래요,
나는 지금 화가 나 있어요.

그래서 퉁명하게 볼 부은 모양새랍니다.

누구나 때로는
성이 나기도,
골 부리기도 하지요.

이제라도
정겨운 눈길로
무어라무어라 속살대 주면

속없는 누구처럼
배시시 웃으며
슬그머니 풀어질 수도 있어요.

나팔꽃

〈아침에 피었다가 저녁에 지고 마는…〉
이라고
나를 노래하였지요.

아니아니 사실은요,
첫새벽에 피었다가
아침 햇살 떠오르면
슬며시 오므리고 숨어 버린답니다.

무엇이,
왜,
부끄러운지
그건 나도 모르겠어요.

다시 나팔꽃

그렇게 휘감는다 하여
반드시 차지할 수 있는 것은 아니다.

나의 것으로 묶어 두기 위해서는
눈치 채지 못하는 사이
감긴 듯
감아 버려야 하는 것을

새벽에 피어났다
아침에 지고 마는 허약함으로
달아나기 좋아하는 사랑을
어찌 붙들 수가 있으리.

그리운 사람을
옆에 두려 한다면
찬찬한 마음으로
조금 더 기다릴 수밖에.

해바라기

싱겁게 키만 크고
얼굴마저 둥그렇기만 하여

때로는 쑥스러운 것을요.

그러나
좀 덜 예뻐도

생각이 훤칠하고
여문 씨앗들 가득함이
더 자랑스런 모습이라고
발아래 흙들이
나지막이 이야기해 주는데

맨 앞자리 차지하고
고개 바짝 치켜든 누구에게도
전해 주세요.

내가 그랬다고는 하시지 말고요.

제2부

베란다에서

난초들

키 자랑은 처음부터 하지도 않아요.
차려입은 빛깔도 내세우지 않아요.

그저 이대로, 그대로
저 안 깊이깊이
숨어 있는 향내만으로
내 혼자
충분히 자랑스러운 것을요.

선인장

사막에서도 살아남은 힘으로
그대를 사랑하리라.

목마른 만큼 그리워하며
한줄기 비를 기다리듯
오래,
더 오래

기다려 보리라.

다시 선인장

다가섬을 막으려는 것이
어찌 그대일 수 있으리.

크고 작게
떠다니는 아픔을 피해
한껏 웅크리다 보니
삐죽삐죽 돋아난 두려움이
그대로 가늘게 굳어졌을 뿐

그런데 지금
슬픔이나 서러움보다
그대가 먼저 피해 가려 하니

나는 그저 입 다문 채
바라볼 수 밖에.

분재가 하는 말이

싫어요.
아파요.
숨막히게 조여 오지 마세요.

지금이 어느 세상인데
몸뚱이 꽁꽁 묶어 놓았다고
마음까지 붙들어지는지 아세요.

아니요.
천만에요.

묶인 것들은 언제나 도망갈 꿈을 꾸지요.
기회를 찾거나 만들어서 말이에요.

도망갈 때는
묶여 있던 사슬로
그대를 옭아놓고 달아날지

그건 나도 모르는 일이라구요.

다육이들 하는 말이

데려다만 놓고
이렇게
내처 방치하신다면

언젠가 우리들이
반란을 일으킬지도 몰라요.

방임,
정서적 학대,
그리고
다른 이에게
사랑받을 기회를 박탈당한 설움으로.

제3부

들녘에서

들꽃들 하는 말이

왜,
멀리까지 꽃구경을 가는지 모르겠어요.

보세요.
지금 그 자리서 한 바퀴 돌아보면
여기저기

자운영, 달개비꽃, 엉겅퀴, 애기똥풀
냉이꽃, 쑥부쟁이, 망초꽃…

색색으로 어여쁘게,
수줍은 채 방긋방긋
피어 있잖아요.

비록
키도 작고
소박한 모습이지만

우리들도

모두모두
꽃들인 것을요.

복수초

얼음 속에서 피어오르느라
너무나 춥고
발도 시려왔어요.

그래도 신나는 것을요.

우리들이
세상에 제일 먼저
일등으로 나왔잖아요.

제비꽃

추워서가 아니에요.
겁나서도 아니에요.
그저 자꾸 참았더니
이렇게 파래지더군요.

보고 싶은 만큼 바라보고
가고 싶은 만큼 다가섰다면
연연한 분홍이나
타오르는 빨강으로 피어났을지요.

그러나 이대로 좋아요.

얼마나 참았는지
얼마나 감췄는지
살강이는 바람에게 묻기라도 해준다면
지금보다 더
파래질 수도 있으니까요.

할미꽃

할미꽃이라니요.

호호백발이라구요.
싹 날 때에 늙었냐구요.

아니요, 천만에요.

아직 솜털 보소소한
애송이로

그저 수줍고 부끄러워
고개 숙인 채
비켜서 있을 뿐인 것을요.

누구이든, 무엇이든

보기만 하고서 말하지 마세요.
듣기만 하고서도 말하지 마세요.

더 앳되고 어여쁘고 싶어

이렇게
다소곳한 자태로 피어 있을 뿐이에요.

자운영 하는 말이

제발
토끼풀이라 부르지 말아주세요.

나와 우리들이
누구의 먹이라는 사실만이라도
무섭고 겁나는 일인데
이름까지
그렇게 부르는 것은
너무 가혹한 거 아닌가요.

사람들은
뚱보, 꺽다리, 짱구 정도에도
분노하면서
우리들을 죽음으로 빗대어서
무심하게 부르고 있어요.

도깨비바늘, 애기똥풀, 도둑놈갈고리
거지덩굴, 며느리밑씻개…

비록
모양새로 적당히 붙였다지만
그랬어도
어울리는 이름들인데

우리를
숨통이 조여 오는 토끼풀 아닌,
어여쁘고 사랑스런 자운영으로

이제부터
그렇게 불러주세요.

민들레

고개
젖혀도 젖혀도 눈길 닿지 않아
이렇게 풀씨로 날아올랐습니다.

처음으로 사랑을 배웠을 때
준비 없는 빈 가슴에
차오르던 기쁨들이

처음으로 이별을 배웠을 때
준비 못한 빈 가슴에
아픔으로 고여 오는데

언제 다시 부활하여
그대와 키를 맞대고
목숨같이 할 수 있을까 기다리며

그저 이리저리
하늘하늘 떠다닐 뿐입니다.

민들레 꽃씨

더 높이,
더 멀리,
훨훨 날아오르고 싶어요.

세상은 넓고
가보고 싶은 곳도 많으니까요.

그러다
정말 그러다

엉뚱한 곳에 내려앉게 되어도

그건,
정말 그것은,
하는 수 없는 것이겠지만요.

민들레 홀씨

그렇게 그렇게
바람 타고 날아오르다
전혀 낯선 곳으로 내려앉음이
결코 나의 바램이 아니듯

따사롭고 편편한 옆자리
마련해 주지 못함도
마음 없어서가 아님을 알기에

다음 세상,
다음다음 세상에서도
그저 지금처럼
주변을 서성이며
남을 수 있기만 하여도 좋아라.

개나리

사월 어느 날,
수녀원으로 들어간 친구에게서
몇 글자 날아왔다.

돌담장 따라 길게 늘어진 개나리들이
저리 유난히 샛노란 것은

담장 안의 친구와
담장 밖의 내가
서로 다른 세상에서 살아가는 것을
확인시켜 주는 것 같다고.

....

개나리꽃

저 여린 꽃잎이 피어나느라
네 갈래로 찢어지면서
얼마나
아팠을까.

진달래

겨울 끝자락,
봄날은 아직인데
앙상한 가지 끝에
연분홍 꽃잎 몇 장

그렇게 봄바람은
해마다
저 가녀린 떨림을 타고 왔었지.

지난해도
지지난해도.

진달래꽃

조연현님의 먹을수록 배고픈,
박희진님의 새봄의 꽃불 잔치
진달래꽃은

이제
할아버지 나무지게에 꽂혀 있지는 않지만

어디선가 날아온 봄 나비들이
너울너울 춤추며 모여드는 것으로
이리저리 서로서로 반겨 주고 있네.

목련꽃 그늘 아래서

목련꽃 그늘 아래서
베르테르의 편지를 읽고 싶었는데

목련송이 뚝 뚝 떨어지는
사월 어느 날,

찻집의 창가에서

나는 혼자
어떤 모습으로
무슨 생각을 하고 있을까.

아카시아꽃

과자 하나,
사탕 한 알도 아쉬웠던
가난의 어린 날.

이 골목 저 골목 뛰어놀다
우르르 뒷동산에 올라
한 움큼씩 따 먹던 아카시아꽃

조금 더
탐스런 송이를 건네주려
길게 팔을 뻗다가

휘청 떨어져 무릎이 벗겨졌던
교회 오빠 아닌,
동네 오빠

지금 어디서
어떤 모습으로
하얗게 늙어 가고 있을까.

미모사

재미 삼아
건드리지 마세요.

아프지는 않지만
상처는 입어요.

무심코 던지는 눈길과
언어로 입은 아픔이

더 깊고
오래가는 것을요.

양귀비

세상 사람들이 저를 보고
정말 아름답다고
가장 매혹적이라고들 하더군요.

그러나 더러는
지나치게 화려하여 요사스럽다
시기에 질투까지 하는데

나는 그저 가만히 있었을 뿐
스스로 뽑낸 일조차 없는 것을요.

아름답고 매혹적인 것이
어디
내 죄인가요.

찔레꽃

찔레꽃 붉게 피는…

오래전,
박재삼님께서
얼큰하신 채

구성지게 한 가닥 뽑으시고는
한 말씀 하셨지요.

〈가사가 틀렸어요.
찔레꽃은 하얀 꽃이야!〉

그러믄요,
지금까지 한 번도
다른 옷은 입어본 적 없는 것을요.

이 세상 끝까지
지금처럼
소박하게 살아가고 싶어요.

하얀 찔레꽃

배고플 때
하나 둘,
따 먹었던 하얀 찔레꽃

진달래,
아카시아 모두
배고픔보다는
봄을 따 먹었는데

이제는
아무도 안 따 먹는 꽃

그래도 봄은 오고

진달래, 아카시아, 찔레꽃은
해마다 그 자리에서
피어나고 있는데.

싸리꽃

기억도 아슴한
내 어린 유년 시절.

지난해 베어진 채
외갓집 울타리에 둘러쳐진
마른 가지에서 피어오른
작고 여린 싸리꽃

저 여윈 가지에서
저 꽃잎을 여느라

얼마나 애를 썼을까.

얼마나 목이 말랐을까.

패랭이꽃

어떻게 시작되었고
누가 먼저였는지는 중요한 것이 아닌 것을

나로 시작하여
어여쁘고 풍성해졌으면
그 또한 기쁨이고, 자랑인 것을

찔레가 장미로 거듭나고
나리가 백합으로 새롭게 피어남 또한
어쩌면
세상에게 보답인 것을

제 먼저 태어났다 하여
누구도 앞서지 못하게 함은
그야말로
탐욕이나 횡포와 무엇이 다르리.

겹겹의 카네이션이 가슴에서 의미를 지닐 때
나대로의 자태와 자세를 잃지 말고
순응으로 인정하며 추어주는 것이

본디의 내가 나를 지키는 일이 아니랴.

나리꽃 하는 말이

바위고개 언덕을
혼자 넘을 일은
누구도, 이제는 없지만

버스정거장
저 끝에서
누군가를 기다려 본 사람은 안다.

허름한 꽃집 유리창 안에
이런저런 꽃들이
듬성듬성 담겨 있는 중에

애절하게 기다리느라
휘어진 몸매
지친 모습이지만

늦게라도
반드시 올 것으로 믿으며

노을 끝자락에

기대 서 있는
그 쓸쓸한 아름다움을

능소화

기와 담장에 걸쳐진 채
이슬에 젖어 있는
능소화

아직 미명인데
새벽 예불을 위해
법당으로
사분사분 걸음 옮기는
어린 비구니 시린 발목을

처연하게 바라보고 있네.

코스모스

가늘고 여윈 채
하늘하늘하여
남들이 애처롭게 보는지 모르지만

사실은
이 벌은 어떨까,
저 나비는 어떨까.
잠자리는 또 어떤가 싶어
사방으로 고갯짓을 하며 살피는 중이랍니다.

소국(小菊)

내, 너를 이뻐함은
장미처럼 도도하지 않아서가 아니고
백합처럼 고고하지 않아서도 아니라

후일,
잔디조차 듬성한 내 무덤가에
슬며시 피어올라
세상 돌아가는 이야기를 사근사근 들려주며
그렇게
옆에 있어 줄런지도 몰라

지금부터
너를 이뻐하며
또한
너에게 이쁘게 보이고 싶어지는 것을.

구절초

아홉 번 죽었다
아홉 번 다시 살아나도
그 모습 그대로 피어난다는
구절초처럼

다음 세상에서
다시 태어나도
지금처럼
그대 사랑할 수 있으려는지.

담쟁이

너를 안는다.

보이는 상처
보이지 않는 아픔
보이고 싶지 않은 너의 부끄러움까지
내 온몸으로 가리우며 안는다.

감싸 안는다.

목숨보다 절절한 사랑으로.

동백

툭,
세상을 버린다.

아까워 하던 것들을 버릴 때와
아쉬웠던 것들로부터 떠날 때를 아는 것은
얼마나
황홀한 일인가.

동백꽃

홀쩍,
누가 볼세라
가지에서 뛰어내린다.

그렇게 짙은 핏빛 사랑을 했으니
이별 또한
아쉬움 없이 선을 긋는 것인가.

어쩌면,
단호한 아름다움이다.

제4부

텃밭에서

장다리꽃

가녀리게 비죽이 솟아올라
휘적휘적 피어 있는
장다리꽃

그렇다고
가엾게 여기지는 마셔요.

이래봬도
은근 뚝심으로 버티면서

달근달근 아작아작
튼실한 겨울 양식

누가
나만큼 키워 내기나 하는지요.

파꽃

머리 위에 왕관을 얹고
곳곳하고 당당하게
서 있는 파꽃

나는 언제나 쯤
그 누구 앞에서든
저리
의연할 수 있으려는지.

깨꽃

아주 작고
빛깔도 희미하여
보잘것없어 보이지만

세상에서
가장 고소하고 맛난 것을
품고 있는 사실을

모두들
알고는 있겠지요.

무당벌레 하는 말이

크고 넓은 잎새 아래
노란 꽃잎 사이사이
여린 오이 몇몇이
날마다 키재기를 하고 있는데
손톱만한 무당벌레들
곰실곰실 기어가고 있어

반갑고도 신기하여
사진으로 담아둘까 가만히 들여다보니
문득 걸음을 멈추는데

혹시라도

거부하겠어요.
나도 초상권 있는 것을요.

라는
몸짓은 아닐는지.

박꽃

저녁 해 지고 나서
살며시 얼굴 내미는 것은
수줍고 부끄러워서가 아니라
어스름 저물녘이
속살거리기 좋기 때문이지요.

보세요.

그 사이 할 짓 다해서는
뽀얗고 둥근 열매 하나
슬쩍
내어 놓았잖아요.

감자꽃

하얀 꽃 핀 것은 하얀 감자,
자주꽃 핀 것은 자주 감자.

우리들은 이렇게
언제라도 정직한 모습이에요.

그런데 사람들 중에는
하얗게 웃으면서
속내는 자주색인 부류들이 있더군요.

그것도 아주 많이요.

호박꽃

장미처럼 도도한 자태도 아닌,
백합처럼 고고한 모습도 아니라고

그렇게
시덥지 않은 눈길이나
툭툭 던진다면

내도 생각 있어요.

언제라도
있는 힘껏 감아 안고
절대
놓지 않을 수도 있는 것을요.

장미와 백합에는 없는
넝쿨이 있다는 것

혹시, 설마
모른다고 하지는 않겠지요.

호박

지금까지는
그저 무심한 채
아쉬울 때만 찾았드랬지요.

그러다 꿈속에서 보면
화들짝 반기면서
눈동자가 동그래지더군요.

그러니
자주자주 돌아보아 주세요.

혹시 알아요.

언제 어느 때,
둥글고 커다란 복덩이를
넝쿨째 안고
찾아가 줄런지요.

고구마

밭고랑을
이리저리 가르던 거친 손길이

뿌리 끝에 매달린 우리들을 캐내서는
생긴 대로 이리저리
툭 툭 갈라 던져 담는데

그러지 마셔요.

사람들만
사람 위에 사람 없고,
사람 밑에 사람 없는 것 아니에요!

고구마 위에 고구마 없고,
고구마 밑에 고구마도 없는 것을요!!!

호미에게

아직,
제발
다가오지 마세요.

며칠만이라도
더
살아 있고 싶은 것을요.

제5부

과수밭에서

과수원 아침

또르르
잎새 사이에서 뛰어내리는
이슬방울에도
멈칫 놀라는
어린 다람쥐의 오물거림을 위해

상처 난 낙과에도
단맛을 스미게 하는
은혜로운 아침이
지금
풀숲 사이로 저기서 걸어오고 있네.

과수원 산책

가만가만
안개를 밀어내고

아침을 열어 가는
햇살 사이로 걸어 들어가
능금나무 그늘 아래 걸터앉으면

문득
나지막이 터져 나오는 바튼 기침소리 놀라
이슬을 털어내듯
날갯짓하던 고추잠자리가
파르르 날아오르고

이리저리 먹이를 찾던
어린 청솔모 한 마리도
동그랗게 놀란 채
낙엽 사이로 숨어 버리는데.

가을 과수밭에서

여기저기
이리저리 매달린 채
날마다 영글어 가는 하루, 또 하루

휘어진 가지 끝에서
그네를 타고 있는
아직 어린 거미 한 마리.

나뭇결 사이사이를
비켜가던 가을 햇살이
툭툭 털고 일어서면

저기서
또 다른 빛깔의 내일이
손짓하며 다가오고 있네.

과수원 사잇길

가지 사이에
빨갛게 익어가는 열매
그것은
반짝이는 올이 고운 음악

바람이
살랑살랑 밀어 주는 대로

서로서로 얼굴 맞대며
나붓나붓 웃어대는
한 알,
한 알들.

이제
바구니로 옮겨지면서
서로서로 옹알대며
키재기를 하고 있는데.

복숭아꽃

연분홍 화사함이
저리 어여쁜 줄은
예전에 미처 몰랐지요.

그리고는
자태를 자랑하려
바람이 흔들기도 전
제 먼저 뛰어내리는 귀여운 속마음도

예전에
미처 몰랐어요.

살구꽃

내가 살던 고향에
살구꽃은 없었는데

짧은 봄 한철,
노랗게 익어
단내 나는 살구를 보면

문득
고향에 가 보고 싶어라.

배꽃

아주 작고 소박하게 피어나
배시시 웃으며
아닌 척하다가는
그렇게 크고 둥근 열매에
아삭한 단맛을 품게 해주던

그
하얀 꽃.

감꽃

김선꿩님이

몰라요,
하고 눈물지으며
감꽃은 그렇게 진다.

하셨는데…

감꽃에게
무엇을 물어보셨는지요.

제6부

가로수길, 둘레길로 들어서면

저기, 산자락이 보이네

신작로를 벗어나
풀숲도 지나
돌계단을 오르면서

문득
눈을 들어 보면

저 앞에
나지막한 산자락.

여전히 그 자리에서
산은
늙을 줄 모르는 채
자애로운 얼굴로

나를,
우리 모두를
두 팔을 크게 열어
반겨주고 있는데.

풀밭에 앉아

구름이 구름이 하늘에다
그림을 그림을 그립니다.
노루도 그려놓고
토끼도 그려놓고
동생하고 나하고 풀밭에 앉아
펴오르는 구름을 바라봅니다.
바라봅니다.*

구름은 하늘에다
여전히 노루도 토끼도 그려놓는데
나란히 풀밭에 앉아
노루와 토끼 그림을 바라보던 동생이

이제,
지금은 없는데.

*동요가사에서 인용

풀밭에 누워

풀밭에 누워 하늘을 보면

새털구름, 뭉게구름, 비늘구름
그리고 바람자락
또 그렇게
이리저리 뉘어지는 풀잎들이

그냥 그렇게

가는 것은 보내주고
오는 것은 손 잡아주고
또다시 간다면
툭툭 털고
손 흔들어 주면서…

그냥 그렇게 살아가는 것이라고
나지막이 일러주고 있네.

벚꽃길

진해에서 시작하여
전주 군산,
하동 쌍계사,
석촌 호수를 돌아
인천 대공원까지 들어선

벚꽃길

하늘하늘 나부끼는
그 꽃잎들을
내 먼저 맞으려
이른 아침 집을 나섰는데

저기
벌써 앞서 있는 사람, 사람들.

그렇게 한발 늦은 채
심드렁 걸터앉았더니

나붓
떨어지는 꽃잎 하나

너를 기다렸어.
그래서 이제 뛰어내린 거야!

하고
나지막이 속닥이며 반겨주는데.

가로수길

버드나무,
플라타너스,
은행나무에서
이제는 벗나무로
가로수들이 바뀌면서

사람들도
세상도 바뀌어 가는데

아직,
앞으로도 바뀌지 않을 것들이

하늘,
바람,
물결,
그리고
옳고, 아름다운 세상이기를…

플라타너스

그렇게 하지 말 것을,
저렇게도 하지 말 것을…

참담한 후회로
터덜터덜 걷는 가로수길에
바스락이며 따라나선
크고 넓은 플라타너스 잎새.

툭툭 채여 가는 것 같지만
슬몃 비켜서서 빙긋이

그런 잘못도 하고,
저런 실수도 해 가며
키도 크고 마음도 자라는 것이란다.

하며
가만가만 전해 주고 있네.

제7부

아낌없이 주는 나무, 숲

나무가, 숲이 하는 말이

그늘을 주고,
열매를 주고,
집을 지을 기둥도 주고
이제
그루터기까지 내어 주었다는
나무들이

둘러서 있는 숲을 돌아보며
씨익 웃음을 보내자

산나물, 버섯, 약초,
토끼굴에, 고라니 먹이까지
해마다 끊임없이
품어주고 내어주던 숲이

그저
빙긋이 웃고 있는데.

상수리가 도토리에게

비죽한 네 생김새보다
동글납작
내 모양새가 더 정감 있는 거 알지?

다람쥐, 청솔모도
달큰한 알밤 다음에 나를 찾고
나마저 없어야
겨우 너를 돌아보잖아.

상수리가 도토리에게
이런저런 자랑질을 하면서
종알거리자

그저
가만히 듣고 있던 도토리가
나지막이 한마디 던지기를

조용히 해,
이래봬도 나는
임금님 수랏상까지 올랐더랬어.

고욤나무가 감나무에게

내 모양새가 작고 볼품없다 하여

그대보다 못나지 않았다는 것을

너 알고
내 알고
하늘도, 땅도 아는데

그리고 지금의 네가
바로 나에서 시작된 사실을
온 세상이 알고 있다는 것을
나 또한 알고 있는데

네 앞에만 서면

나는 왜
작아지는지.

능금나무가 사과나무에게

나 역시
아무런 할 말이 없어요.

고욤나무가
감나무에게 하는 말을
분명히 들었지만

그저
허약하게 끄덕이기만 하면서
나서지도 못하는 채
안 들은 척 할 수밖에요.

산수유가 생강나무에게

네가 먼저 피는지
내가 먼저 피는지

네가 더 어여쁜지
내가 더 향기로운지

재보거나
따져보기 없기!

너는 너의 이름으로
나는 나의 이름으로,
너는 너의 모양새로
나는 나의 모양대로,

알아서 재주껏 사랑도 받아내기.

그렇게 분명 약속하고 나서는
산수유가 돌아서며
나지막이 중얼거리기를

저기,
산수유꽃 축제에
사람들이 꽃송이처럼 모여드는 것을
설마
못 보았다고는 할 수 없을 테지.

송이버섯

키도 작고 뭉툭한 채
모양새도 시원찮아
낙엽들 속에 숨어 있는
송이버섯에게

아주 작은 산새가 내려앉아
속닥이기를

너의 향기는 누구보다 대단해.
그러니
숨어 있을 이유가 없어!

그러자 송이가
용기 내어
아주 조금씩, 조금씩
머리를 들어올리기 시작하고 있네.

독버섯 하는 말이

그래요.
비 온 뒤
여기저기서 슬그머니 기어 나왔어요.

보세요.
보세요.

몸매도 잘 빠졌고
차림새도 화려하니
제법, 어여쁘지 않나요.

사람들도
못됐거나 못 날수록
화려하게 치장하고
여기저기 나대기를 좋아하잖아요.

그러면서 더러는
아닌 척, 안 그런 척
시침떼는 재주까지도

그야말로
아주아주 대단하던 것을요.

바위가 하는 말이

언제라도 오려므나.

나는
그저 기대게 해주고
안겨줄 수 있을 뿐이야.

마음 스산하고
몸이 고단할 때
그렇게 찾아오고 다가와

얼마동안이라도 함께 있으면
설움이 풀리거나
노여움이 누그러지듯

그렇게
마주 대한 등줄기가 따뜻해지는 것으로
너는 나를,
나도 너를
그렇게 의지하면서
한 가지, 두 가지

이겨내는 것이란다.

숲길로 들어서면

오래전
산중 암자에 들어가
공부하던 친구의 편지 한 귀절

툭
은행 알 떨어지는 소리가
칠성님이 내 죄를 나무라는 소리로
들렸다고 했지.

지금
밤톨만한 열매들이
후두둑 떨어지며 따라오는 것이

친구보다
좀 더 크고 많은 죄를 지었다고
산신령이 알려주는 것만 같애.

문득, 걸음을 멈추니

저기
또 다른 내가
발길 재촉하며 총총히 내려가는
여윈 뒷모습이 보이네.

산길로 접어들면

풀숲을, 마른 잎을 툭툭 차며
휘어진 산길로 접어들면
바람결에 들려오는
아사사 잎새 소리
재재재 산새 소리에

장끼며 까투리가 사랑놀이를 하다
제풀에 놀라
푸드득 날아오르고

어디쯤에서인가
들려오는
촬촬촬 물소리.

두 갈래 세 갈래 길에
문득 망설이면

잣나무에서 쪼르르 내려오던
다람쥐 한 마리

멀리서 찾으려 말고 찬찬히 돌아보렴.

너의 갈 길은
언제나
네 손금 안에 그려져 있어.

한마디 툭
던져 주고 달아나 버리는데.

십여 년 만에 시집을 다시 엮는다.

돌이켜보니

첫 시집은 거의 발가벗은 채, 겁없이 세상에 뛰어든 느낌이었고

두 번째 시집은 詩와 문학에 대해,

세 번째 시집은 세상살이에 대해 어설프게 아는 척을 해놓은 것 같다.

그래서

〈풀, 꽃, 나무에게 말 걸기〉에서는

세상의 관심과 애정을 거의 받지 못했던 풀과 꽃들에게 말을 건네면

빙긋이 웃으면서

어쩌면 이렇게 답변하지 않을까 싶은 언어들을 담아보았다.

이제 앞으로

여리고 힘없는 풀과 꽃에게 따뜻한 눈길을 주면서

내 자신도 돌아보아야겠다.

풀, 꽃, 나무에게 말 걸기

초판 1쇄 인쇄 | 2023년 11월 10일
초판 1쇄 발행 | 2023년 11월 15일

지은이 | 김오민
펴낸이 | 최화숙
편집인 | 유창언
펴낸곳 | 집사재
등록번호 | 제1994-000059호
출판등록 | 1994. 06. 09

주소 | 서울시 마포구 성미산로2길 33(서교동), 202호
전화 | 02)335-7353~4
팩스 | 02)325-4305
이메일 | pub95@hanmail.net/pub95@naver.com

ⓒ 김오민 2023
ISBN 978-89-5775-320-0 03810

값 12,000원